本書使用教育部台 (87) 語字第八七〇〇〇五七七號公告之方音符號系統

國家圖書館出版品預行編目（CIP）資料

咱的囡仔歌：山嘛驚寒 / 林武憲文；鄭明進圖 . -- 初
版 . -- 新北市：字畝文化創意有限公司出版：遠足文
化事業股份有限公司發行 , 2022.09
36 面；18.5×26 公分
ISBN 978-626-7069-79-0（精裝）
863.598   111007916

咱的囡仔歌

山嘛驚寒【臺語‧華語雙語版】

作　　者｜林武憲
繪　　者｜鄭明進

字畝文化創意有限公司

社　　長｜馮季眉
責任編輯｜戴鈺娟
編　　輯｜陳心方、巫佳蓮
封面設計｜陳怡今
美術設計｜張簡至真
臺語校訂｜周美香
臺語標音｜陳建中
出　　版｜字畝文化創意有限公司
發　　行｜遠足文化事業股份有限公司
地　　址｜231 新北市新店區民權路 108-2 號 9 樓
電　　話｜(02)2218-1417
傳　　真｜(02)8667-1065
電子信箱｜service@bookrep.com.tw
網　　址｜www.bookrep.com.tw

讀書共和國出版集團

社長｜郭重興　發行人兼出版總監｜曾大福
業務平臺總經理｜李雪麗　業務平臺副總經理｜李復民
實體通路協理｜林詩富　網路暨海外通路協理｜張鑫峰　特販通路協理｜陳綺瑩
印務協理｜江域平　印務主任｜李孟儒

法律顧問｜華洋法律事務所　蘇文生律師
印　　製｜通南彩色印刷有限公司

2022 年 9 月　初版一刷
定價｜ 320 元　書號｜ XBTW0003
ISBN 978-626-7069-79-0

咱的囡仔歌

山嘛驚寒

【臺語‧華語雙語版】

文 林武憲 　 圖 鄭明進

作繪者簡介

作者／**林武憲**

1944 年出生，彰化伸港人，嘉義師範學校畢業。曾任教職、國臺語教材編審委員、中華兒童百科全書特約編輯、編輯顧問。從事國臺語研究、詩歌創作與編輯、兒童文學評論。曾獲語文獎章、文藝獎章、中華兒童文學獎、彰化礦溪文學特別貢獻獎及全國特優教師。編著有《兒童文學與兒童讀物的探索》、中英對照有聲詩畫集《無限的天空》及教材等一百多冊。作品譯成英、日、韓、西等多種語文，有國內外作曲家譜曲一百多首。

繪者／**鄭明進**

1932 年出生於臺北市，兼具國小美術老師、編輯、作家、翻譯家、畫家、美術評論家、兒童繪畫教育者，多重身分的兒童繪本權威，是臺灣兒童圖畫書推廣的啟蒙師，也是臺灣兒童美術教育的先驅。不只創作不輟，也出版圖畫書導讀評論多冊，引領大眾理解圖畫書的奧妙，也促成許多國際交流活動，童書界常尊稱他為「臺灣兒童圖畫書教父」，一輩子喜愛繪本的他，更喜歡稱自己為「繪本阿公」。

目 錄

變來變去真趣味

華語變臺語，
臺語變華語，
無問題啊『沒問題』
『早上』是早起，
『白天』是日時，
『晚上』是暗時，
物件講『東西』，
細膩是『客氣』，
『很可愛』是真古錐。
『花生』是塗豆，
『太陽』是日頭，
拄好是『剛好』，
笑頭笑面，
『眉開眼笑』，

起跤動手，
『動手動腳』，
『畫虎不成反類犬』
畫虎無成親像貓，
『腳踏兩條船』，
雙跤踏雙船。
『賣瓜的說瓜甜』，
賣茶講茶芳，
賣花講花紅。
是毋是淡薄仔相仝？
華語變臺語，
臺語變華語，
變來變去真趣味！

註：『』內是華語詞語

你ㄌ看ㄎㄨㄢ我ㄨㄛ，我ㄨㄛ看ㄎㄨㄢ你ㄌ，
你ㄌ毋ㄇㄐ是ㄒㄧ我ㄨㄛ，我ㄨㄛ毋ㄇㄐ是ㄒㄧ你ㄌ。

相ㄒㄧㄤ看ㄎㄨㄢ(1) ●—·—·—●—·—●—·—●—·—

你ㄋ看ㄎㄢ我ㄨㄛ，我ㄨㄛ看ㄎㄢ你ㄋ，
你ㄋ不ㄅㄨ是ㄕ我ㄨㄛ，我ㄨㄛ不ㄅㄨ是ㄕ你ㄋ。

你ㄉ看ㄎㄨㄛ我ㄍ，我ㄍ看ㄎㄨㄛ你ㄉ，
你ㄉ就ㄅㄛ是ㄒㄧ我ㄍ，我ㄍ就ㄅㄛ是ㄒㄧ你ㄉ。

相ㄒㄧㄤ看ㄎㄨㄢ(2) ─ ▪ ─ ▪ ● ▪ ─ ▪ ● ▪ ─ ▪

你ㄋ看ㄎㄢ我ㄨㄛ，我ㄨㄛ看ㄎㄢ你ㄋ，
你ㄋ就ㄐㄧㄡ是ㄕ我ㄨㄛ，我ㄨㄛ就ㄐㄧㄡ是ㄕ你ㄋ。

啄樹鳥

早嘛啄啄啄

暗嘛啄啄啄

問伊樹頂做啥物

看病掠蟲真快樂

啄木鳥

早也ㄜㄜㄜ

晚也ㄜㄜㄜ

問牠樹上做什麼

牠說要把害蟲捉

2022. 3. 30

好(ㄏㄜˇ)命(ㄇㄚˇ)豬(ㄅ一)

耳(ㄏ一ˇ)仔(ㄚˇ)大(ㄅㄨㄜˋ)，喙(ㄘㄨㄟˋ)真(ㄐ一ㄣ)闊(ㄅㄨㄚˋ)，　　好(ㄏㄜ)過(ㄍㄨㄜˋ)日(ㄐ一ㄊ)，真(ㄐ一ㄣ)快(ㄎㄨㄞˋ)活(ㄨㄚˋ)，

愛(ㄞˋ)食(ㄐㄚㄏ)愛(ㄞˋ)睏(ㄎㄨㄣˋ)就(ㄅㄜㄏ)是(ㄒ一ˋ)我(ㄍㄨㄚˋ)；　　免(ㄅㄢˋ)想(ㄒ一ㄨˋ)後(ㄠˋ)日(ㄐ一ㄊ)欲(ㄅㄜˋ)按(ㄢˋ)怎(ㄨㄚˋ)。

好ㄏㄠˇ命ㄇㄧㄥˋ豬ㄓㄨ

耳ㄦˇ朵ㄉㄨㄛˇ大ㄉㄚˋ，嘴ㄗㄨㄟˇ巴ㄅㄚ闊ㄎㄨㄛˋ，　　日ㄖˋ子ㄗˇ好ㄏㄠˇ過ㄍㄨㄛˋ真ㄓㄣ快ㄎㄨㄞˋ活ㄏㄨㄛˊ，

愛ㄞˋ吃ㄔ愛ㄞˋ睡ㄕㄨㄟˋ就ㄐㄧㄡˋ是ㄕˋ我ㄨㄛˇ；　　管ㄍㄨㄢˇ它ㄊㄚ以ㄧˇ後ㄏㄡˋ怎ㄗㄣˇ麼ㄇㄜ過ㄍㄨㄛˋ。

煙 2022.4.

15

蘭花

蘭花芳，
蘭花嬌，
蘭花哪會芳閣嬌？
我逐工為伊
唱歌
沃水。

蘭花

蘭花好香，
蘭花好漂亮，
蘭花怎麼又香
又漂亮？
我天天澆水，
為她歌唱。

粉鳥

粉鳥佇天頂踅圓箍仔

共家己的厝做中心

踅一輾閣一輾

踅一輾閣一輾

圓箍仔愈踅愈大

無論伊飛偌久

無論伊飛偌遠

厝

永遠是伊的中心

鴿子

鴿子在天上繞圈子

把自己的家當圓心

繞了一圈又一圈

繞了一圈又一圈

圈圈越繞越大

不論牠飛多久

不論牠飛多遠

家

永遠是圓心

19

山ㄙㄨㄢ 嘛ㄇㄚ 驚ㄍㄧㄚ 寒ㄍㄨㄚ

山ㄙㄨㄢ 嘛ㄇㄚ 驚ㄍㄧㄚ 寒ㄍㄨㄚ

秋ㄑㄨ 天ㄊㄧ 就ㄅㄧㄜ 蓋ㄍㄚ 落ㄌㄜ 葉ㄏㄧ 的ㄝ 被ㄆㄨㄝ 仔ㄚ

寒ㄍㄨㄚ 天ㄊㄧ 就ㄅㄧㄜ 戴ㄍㄧ 白ㄅㄝ 白ㄅㄝ 的ㄝ 帽ㄆㄜ 仔

山ㄕㄢ 也ㄧㄝˇ 怕ㄆㄚˋ 冷ㄌㄥˇ

山ㄕㄢ 也ㄧㄝˇ 怕ㄆㄚˋ 冷ㄌㄥˇ

秋ㄑㄧㄡ 天ㄊㄧㄢ 就ㄐㄧㄡˋ 蓋ㄍㄞˋ 著ㄓㄜ 落ㄌㄨㄛˋ 葉ㄧㄝˋ 的ㄉㄜ 被ㄅㄟˋ 子ㄗ

冬ㄉㄨㄥ 天ㄊㄧㄢ 就ㄐㄧㄡˋ 戴ㄉㄞˋ 上ㄕㄤˋ 白ㄅㄞˊ 白ㄅㄞˊ 的ㄉㄜ 帽ㄇㄠˋ 子ㄗ

早醒的

天頂一隻鳥仔，

樹仔一尾蟲。

早醒的鳥仔有蟲食，

早醒的蟲予鳥掠，

早醒的囝仔無通食。

※ 你知道嗎？就算是晚上，也有許多人在工作。作者有感許多大人為了養家徹夜工作，孩子早起無人照料，特創作本詩。

早ㄗㄠˇ起ㄑㄧˇ的ㄉㄜ˙

天ㄊㄧㄢ上ㄕㄤ一ㄧ隻ㄓ鳥ㄋㄧㄠˇ，

樹ㄕㄨˋ上ㄕㄤ一ㄧ條ㄊㄧㄠˊ蟲ㄔㄨㄥˊ。

早ㄗㄠˇ起ㄑㄧˇ的ㄉㄜ˙鳥ㄋㄧㄠˇ兒ㄦ有ㄧㄡˇ蟲ㄔㄨㄥˊ吃ㄔ，

早ㄗㄠˇ起ㄑㄧˇ的ㄉㄜ˙蟲ㄔㄨㄥˊ兒ㄦ被ㄅㄟˋ鳥ㄋㄧㄠˇ吃ㄔ，

早ㄗㄠˇ起ㄑㄧˇ的ㄉㄜ˙孩ㄏㄞˊ子ㄗ˙沒ㄇㄟˊ飯ㄈㄢˋ吃ㄔ。

種樹仔

山頂種樹仔，親像起水庫，
雨濟伊會吞，雨少伊會吐。
海邊種樹仔，親像圍籬笆，
聽好遮日頭，毋驚風飛沙。
厝邊種樹仔，親像裝冷氣，
熱天攏袂熱，蹛落真四序。

種樹

山頂上種樹，
好像建水庫，
雨多它會吞，
雨少它會吐。
海邊多種樹，
就像圍籬笆，
可以遮太陽，
不怕風沙大。
屋旁種了樹，
好像裝冷氣，
夏天都不熱，
住著好舒服。

落（ㄌㄜ）雨（ㄏㄜ）

雨（ㄏㄜ）啊（ㄚ），雨（ㄏㄜ）啊（ㄚ），

莫（ㄇㄞ）閣（ㄍㄜ）落（ㄌㄜ）。

龍（ㄌㄥ）眼（ㄍㄥ）咧（ㄌㄜ）開（ㄎㄞ）花（ㄏㄨㄜ），

阮（ㄍㄨㄢ）欲（ㄅㄜ）去（ㄎㄧ）迌（ㄑㄧㄉ）迌（ㄊㄜ），

歇（ㄏㄜ）一（ㄐㄧㄅ）下（ㄝ）敢（ㄍㄚ）毋（ㄇㄞ）好（ㄏㄜ）？

下雨

雨啊，雨啊，

不要下。

龍眼正開花，

我要去玩耍，

請你停一下。

露水　　　露珠

日頭出來囉　　　太陽出來了

露水無看見影　　露珠不見了

露水去佗位？　　露珠哪裡去了？

日頭微微仔笑　　太陽微微笑

伊是毋是知影？　他是不是知道？

感謝天 感謝地

感謝天，感謝地，
感謝老母佮老爸，
感謝個予我的一切！

感謝你，感謝伊，
感謝每一个人，每一个日子，
予我平平安安，歡歡喜喜。

感謝風，感謝水，
感謝沙塗佮日頭，
予花草發甲遮爾媠。

感謝天，感謝地，
感謝萬物，無論大抑細，
感謝世間的一切！

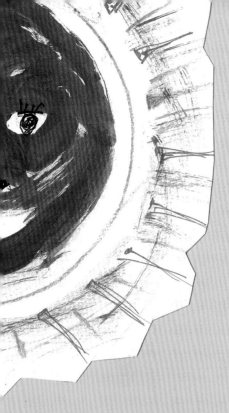

感謝天 感謝地

感謝天，感謝地，

感謝爸爸和媽咪，

感謝他們給我的一切！

感謝你，感謝他，

感謝大家，感謝每一天，

讓我歡歡喜喜，平平安安。

感謝風，感謝水，

感謝沙土和太陽，

讓花草長得這麼漂亮。

感謝天，感謝地，

感謝父母，感謝萬物，

感謝天地間的一切！

有一棟大樓

有一棟大樓人真濟

真濟樓跤的　跙起去樓頂

樓頂的落來樓跤

樓跤樓頂　樓頂樓跤

有的起去　有的落來

有的落來　有的起去

有的起去隨落來

有的落來閣起去

起起落落　從來從去

毋知為啥物

※「起去」一詞也讀作「ㄎ、ㄌㄤ」。

32

有一棟大樓

有一棟大樓人很多

很多樓下的人上樓

很多樓上的人下樓

樓下樓上　樓上樓下

有的上樓　有的下樓

有的下樓　有的上樓

有的上樓又下樓

有的下樓又上樓

上上下下　來來去去

不知道忙什麼